小莓子的

碎歲念戀

小莓子 · 著

序

　　「文字」很微妙，不是只有掃讀，文字充滿想像、溫度感及破壞力，可以把生命內在及外在的所有情緒穿透，口語無法表達的氛圍，透由文字自我療癒。

　　「創作」透由文字傳達出來，是一個療癒的管道、出口，要細細體會，才能融入進去，每一篇，都有其背後的隱喻或故事，期待能聽到、看到、感受到每個人事物的存在。

　　是創作不是寫作，所以不管怎麼寫，不管好或不好，只要釋放、紓壓、療癒、開心就好～

　　長大、升學、戀愛、成家、立業、延續下一代、傳承……一切字面上看似容易，然而箇中滋味、酸甜苦辣鹹，只有當事人能體驗，並不是旁人口中一句「我能體會」就帶過，或者用自己的想法眼光去批判評價別人，每個人的經歷是專屬自己的獨一無二。

　　每一個階段，每一個經歷，都有最開心幸福順遂的時候，但絕大部分都是挑戰考驗和痛苦困擾的時刻，畢竟人的本質是苦，不是嗎？幸福快樂跟痛苦難過的比較值是很容易被劃分出來。

　　但是無論處在幸福開心裡，或者痛苦絕望中生活著，始終懷抱著感恩、感謝的心態，成果自然會出現。

重要的是「心」，當自己有心，並且實踐這顆心，哪怕是最討驗、最痛苦難過的事，就算中途挫敗了，只要秉著正確堅持的精神，難關終將有突破的一天，再困難也會有看見契機的一刻。

　　唯有親自經歷最困難的那一關，才是真正屬於自己的「成長痛」，往往這個才是最大、最多的收穫。

　　創作的來源下一個會是誰～等待緣起囉！

小莓子的
碎歲念戀

目　錄

小宇宙

窺探望遠鏡另一頭

星空銀河充滿身旁，眼底盡收的是滿天星斗

闔上眼，進入另一個肉眼看不見的時空

這是誰都進不去的小宇宙

古老的傳說，去不了的角落

踏著零零散散的隕石頭，騰空跳躍，漫步雲中

穿入愛麗絲的小門縫……

神祕寧靜的幽蘭若

沒有牽絆與憂愁，沒有俗事與矯柔……

戰士

堅硬的鎧甲下

包覆著既韌性又脆弱的靈魂

披荊斬棘的鎧甲裡

靈魂已傷痕累累地獨自舔嗜著無人知曉

無人聞問的傷口

戰士不喊痛

戰士很脆弱

縱使戰敗沙場

也要揚起勝利的笑容

有感生命

人啊～總是被許多的不願意推著走
卻也因為許多的不願意而成長堅強
不要勉強自己堅強
遇到困境自然會有求生本能變壯大
只求在最艱難受苦時
懂得如何憐惜並陪伴自己渡過一時的低潮
生命很現實
想要擁有開心快樂，也要接受悲傷難過
讓它來～
讓它走～

隨思

身在聳立山林中
不知處在五里霧
誤認仙境漫雲端
斷崖錯看百花叢

繁華如浮夢
迷濛隨夢走
墜落崖谷中
夢醒一場空

挑戰

月亮不會憑空掉在眼前
夢想更不會自動實現送上門
唯有主動搭乘火箭
才能真實踏在月球上
唯有堅持努力不懈
夢想才會迎面相擁
我已經乘著火箭踏上月球與夢想擁抱
你／妳呢？
是否不想費力的等夢想來敲門？
是否還在地球上看著月亮，等待它掉下來？
勇敢跨出一小步
未來掌握在努力堅持的人手上

愛情之所以為愛情

初初相戀時，它是一輩子無法動搖的誓言
爾後經歷人生柴米油鹽，背離婚姻承諾
嚐透悲歡離合，互相扶持及傷害的輪翻與共
曾幾何時，
無法動搖的誓言成了最可笑的美夢……
相見如仇人，不見掛心頭，相看兩相厭
卻放不了手，情恨綿綿永不休
走著、愛著、恨著、牽著、窮著、富著
哭著、笑著、病著、陪著、老著、顧著～
一輩子就這麼過了
愛情何以為愛情呢
它不是嘴巴哆哆唆唆
它不是遙指天邊不滅的彩虹
它是在歷經風霜過後
學著在心頭上放一把利刃，肩負一擔責任
磨著、和著～走到彼此的盡頭
不求風光富貴，只願問心無愧
執子之手與之到白頭

躲貓貓

躲貓貓　躲貓貓　躲到哪兒去
天空無雲無雨　躲到哪兒去
躲貓貓　躲貓貓　躲到大海裡
浪花兄弟　推著浪花向前進
躲貓貓　躲貓貓　躲到哪兒去
藏進樹蔭　跟著太陽玩捉迷
躲貓貓　躲貓貓　躲到哪兒去
稻草堆裡　裝成草人憋住氣
躲貓貓　躲貓貓　躲到哪兒去
當個寶寶　躺在媽媽的懷裡
躲貓貓　躲貓貓　躲到哪兒去
親愛爸爸　最愛跟您玩遊戲

爬格子

你們說我怪，我說你們不明白
爬格子樂趣不是人人愛
格子裡住著治癒百病的小小孩
箇中滋味，品嚐過的人才知多精采
快樂的人請進來，製造歡樂散播愛
幸福的人請進來，分享確幸的愉快
憂傷的人請進來，傾聽擁抱溫暖在
生氣的人請進來，不吐不快得釋懷
迷惘的人請進來，目標遠景腳步邁
小小孩，療癒心靈突破生命的阻礙
我思～故我在

【註】爬格子＝寫文章

新生

聽～那是誰的心跳聲
透過機器，聽見你對我們Say Hi
你的出現不是意外
你的降臨是我們期待
仍然不可置信的這一刻
無法掩藏內心感動與澎湃
上天聽見我們的祈禱
賜予我們新生命～愛是存在

隔著肚皮，一切是那樣神奇
你的小腳手掌印
揮舞著不知名的韻律
你日漸茁壯的身軀
撐大我呵護倍至的苗條胴體
你我流著相通的血液
日夜分秒陪我經歷情緒的風景
你讓我心情沮喪
你讓我為母則強
你讓我身材走樣
我卻甘心為你搏上性命
只願你身體健健康康

當你我身體分離的時刻
你聲音如洪鐘響亮～
我們的關係更加緊密結合
老天疼惜，上帝愛你
你帶著祝福降臨
即將展開新生命的旅行
願你任何時處謹記
無論旅程碰撞或順利
爹地、媽咪永遠與你同行

※致喜獲麟兒的你們

靜默

許多事不是不懂，只是不說
說了怕心傷，說了會疼痛
路～要走長長久久
心～要學會忍受
別人心疼是善友
自己心疼會失落
許多事不是不說，只是不懂
懂了怕放手，懂了會難過
情～關關難過關關過
緣～累世累劫的枷鎖
一枚戒指套住一輩子太沉重
一句承諾牽絆一顆心太寂寞

尋人啟事

尋找一個人
不談情　不說愛
不念過去　不聊未來
砌一壺茶　花生兩三顆

尋找一個人
那人　不再天涯　不在海角
不在街尾　不在巷頭
斟一杯酒　小菜兩三口

尋找一個人
望穿秋水　暮鼓晨鐘
飲口茶　酌口酒
遍尋不見　愁上心頭

仍在尋人啟事中

三娘教子

我有三個娘
親娘、奶娘與婆娘
親娘高齡生產最辛勞
奔波家計強褓一邊拋
街坊笑稱壽命要夠老
才能瞧見娌仔穿紅袍
奶娘不捨帶回竹籃搖
調皮搗蛋鑽低又爬高
傷透腦筋依舊疼如寶
視如己出小手緊抓牢
婆娘年輕持家智慧高
婆媳相處哲理有一套
包容寬厚禮節一把罩
亦師亦友打燈找不到
這種幸福哪裡找
有錢想買，買不到
珍惜當下福氣好
三娘教子，恩情高
睡覺做夢也會笑

七夕

愛在鵲橋

縱情千里鑄於銀海

萬古流傳低語呢喃

心絲邅嫋浩宇間

百日一會淚滿面　心喜悅

願纏十世綿

靜聽海螺傳傾意

淒噫！淒噫！

織星紡紗絲絲寄柔情

牛星奏笛音音入河系

隕一顆流星

劃過無垠的天際

劃過世紀的深情

淡

心放鬆，思緒放空～什麼都不想
我們微小到如一芥子般不起眼
生命曇花一現，卻執著永恆
沒有絕對的不變，沒有不變的絕對
人外有人，天外有天
庸庸碌碌，為何事？
榮華富貴，因何攀？
呱呱墜地～吸口氣
安然離去～吐口氣
得到啥？失去啥？

築夢森居

築悠小溪　尋訪祕境　水牛鴛鴦喜相迎
夢想藍圖　點石成金　復育大地卯全力
森意盎然　田園野趣　童稚笑聲不停息
居處曠谷　蟲鳴鳥憩　維楓同心夢揚起（微風）

※有鑑於同學和同學的先生努力經營，胼手胝足的成
果，有感而發寫一段藏頭詩，邀請大家有空去走走～
//www.dreamriverliu.com//

（註）維楓是取自同學跟她先生名字第三個字

青春無敵

女孩
一如清新脫俗的妳
從醜小鴨漸漸轉變成天鵝
妳總是沒自信的不敢抬頭
妳總是怯怯懦懦的怕開口
妳總是顧忌旁人畏畏縮縮

女孩
鬆綁紮緊的馬尾
卸下緊閉的心房
揚起嘴角的笑容
綻放青春的無憂
妳是盛開花兒　最美的那一朵

繫心細心

我學會哭
只因在掀開浸濕的被褥仍是一個人
我學會裝傻
只因在笑臉背後是另一個世界
我學會虛偽
只因在害怕的藉口下所找尋的面具
在這最後一季　妳們的出現
我學會不哭
只因在掀開浸濕的被褥是一雙溫暖的手
我學會不裝傻
只因在笑臉背後是一顆純真無畏的心
我學會不虛偽
只因在害怕的藉口下有妳與我同行
荳蔻年華不是封閉
鳳凰花開不是別離
儼然是新的旅程～

童謠創作

我是小倉鼠	我最愛跑步
踩著大輪子	睡在小草舖
我是小白兔	我最愛跳舞
跳跳曼波舞	一點不含糊
我是小老虎	我最愛追逐
追著梅花鹿	跑步最迅速
我是小迷糊	最愛糖胡蘆
吃糖牙不蛀	刷牙不馬虎

買愁

彎月　穹蒼

撥漣漪

四季卻似悠揚

奔馬飛濺　路草淒荒涼

醨酒臨江

寄一曲還遙告故鄉

浩漠　枯腸

簫聲久轉

淚沾裳

偕故人觴飲

今朝有酒今朝嚐

菩提

天好藍
樹好蔭
海好綠
空靈思緒無邊際
雲好白
風好輕
心好靜
云云飄渺入禪亭
霜好冰
蟲好鳴
夜好寧
明月把酒舉杯成對影
山好高
星好凝
光好明
蓮花般若菩提

面具

看透你的心的我的眼
是誰陪你共舞戴著假面
撒旦身軀插著天使羽翼
假藉純潔之名傳播泥沼毒氣
雪白羽毛逐漸渲染墨黑那一刻
透明成了最佳保護色
沒有屈就　不需臣服
靜靜欣賞假面之舞

每個人最少都有一副面具，面具無關乎好壞
而是面具後面是張怎麼樣的臉～
有時連當事人也不會曉得

月姑娘

躡躡手　躡躡腳
月亮姑娘我來了
高掛天空搖呀搖
滿天星斗微微笑
乘著雲朵　自在逍遙
吹著雪花　寒風呼嘯
月亮姑娘呀
讓我為妳披上白紗袍
宛如新娘緬靦上花轎
玉兔伴妳～
直到天荒地老

白紗

跚跚的腳步
穿梭櫥窗前
棉絮般的白雲
悠閒的人群
天使啊！
以往歡笑何處尋
痴狂年少
旦旦瀉真情
純淨白紗
何處見我心
鐘聲響起
紅毯那端
有你伴我一世情……

少女情懷總是詩
值遇情投意合的對象，
對未來充滿緊張、期待和希望
倆人緊握彼此的手，互許承諾，
信守承諾，實踐承諾
如果妳是那女孩，記得要一直幸福下去喔！

生命中舉足輕重的人啊～

生命如同閃電一般耀眼閃亮卻又稍縱即逝
來不及抓住閃光的尾巴，又是下一生的來臨
這一道閃光因誰絢麗，為誰閃耀
這一路精采因誰絢麗，為誰閃耀
翻開生命的書籤
交錯著七情六慾、五蘊熾盛、愛恨別離……
幸福著～使人忘記置身天堂
痛苦著～撒旦如同我的臂膀
踏步在人群中穿梭，曾幾何時
這道閃光在生命中停格了，迷枉了
一瞬間竟成永恆～
急欲掙脫禁錮的枷鎖，解開鎖住閃光的魔咒
開始跨出陌生的前奏，迎向成果豐碩的收穫

跳脫

醒著作夢　作夢醒著

騎著彩虹小馬

飛過七彩糖漿

勾勾手指劃個圈

魔法變幻驚艷

跨個小步　越過山谷

娃娃啼哭　溪水成瀑

老虎變成小蜘蛛

巫婆是公主

彼得潘拿著金斧銀斧

三隻小豬住在糖果屋

穿越時空河流　敲敲邊鼓

生活何必太辛苦

自找樂趣　輕鬆灑脫

冬陽

寒冬中
和煦陽光暖暖包覆大地
彷彿胎兒在子宮內孕育
灌進滿滿能量　注入澎湃朝氣
小太陽呀～對你又愛又生氣
冷風呼呼　沒有你不行
小雀斑駐點臉上　懊惱又喪氣
寒冬中有你～
孩童嬉戲笑聲在廣場揚起
暖哄哄的棉被陪我入夢去
街道上的人群更顯的擁擠
「陽洋撒灑」　今天真是好天氣

致青春

青春大不易　青春愛任性
青春大不易　青春愛生氣
青春隨心所欲
我是我的風格
不為誰放棄
你可以轉過身離去
你可以眼不見為淨
別叫我安分守己
因為我正值年輕
顛覆墨守成規的紀律
爭取青春應有的權利
頂嘴不必太在意
荷爾蒙暫時群魔亂起
打罵不是教育
只要你用心聽我說兩句
大人世界沒什麼了不起
我還年輕　少不經心
我還年輕　朝夢想邁進
青春大不易
I am a king
I am a Queen

啟程

摘下眼鏡托住腮幫子，聽著音樂放空腦袋，出神的望著窗外，寒風一陣陣吹過，思緒隨風擺盪～枝搖落葉掃。

脫掉披覆一天的武裝，疲憊的身軀在抗議著我已經不再年輕了……幽幽嘆口氣，人生啊～

      *   *   *

叮！

桌上一旁的手機響起，顯示妳傳來的訊息「想找人聊聊，有空嗎？」

打開門，映入眼簾盡是疲憊的妳～更勝於我。

妳滿臉愁容，不發一語地逕自往屋內走。我親愛的朋友，有多久沒看見妳陽光燦爛般的笑容，妳不下一次對我說，妳對未來不抱希望，活著跟死去沒什麼兩樣。

曾幾何時，活潑的妳，笑容越來越少，沉默越來越多。

心疼妳遭遇的過往，但我要對善良的妳說：人生沒有那麼糟，憤怒埋怨和痛恨只會讓妳更苦，沒有人責怪妳錯誤，妳缺少的只是自信、愛自己的光采，別再讓自己往死胡同鑽。

      *   *   *

親愛的妳，我心中的女孩～

人生不過是一段、一段，沒有永遠的最糟，也沒有永遠的精采。

　　遞杯熱茶給妳暖暖心，伸出雙手給妳一個大大用力的擁抱，要讓妳知道無論遇到任何事，我都陪伴妳，是哭是笑，都不會是妳孤獨一個人。

　　妳也伸出雙手，回應我的擁抱。妳的頭靠在我肩上，用妳所剩無幾的氣力在我耳邊說「謝謝！」

　　妳靜靜的屈著身子，斜靠在客廳沙發的一角，我們沒有多餘的對話，只有依憑著長年下來的默契，安靜的呼吸著相同的空氣……

　　　　　＊　　　　　　＊　　　　　　＊

叮！

　　幾天後，手機裡又傳來妳的訊息

　　「親愛的朋友，我決定先離開讓我一蹶不振的傷心地，妳別罣心我，我要帶著妳給我的祝福與勇氣，努力重新振作，重新愛自己，別為我擔心，再見！」

很高興認識妳

Hello！妳好嗎？

我們在一起的時間好久好久了～

一起吃飯睡覺、一起談戀愛、一起結婚、一起生小孩、一起熬夜、一起看鬼片、一起旅遊冒險、一起開心、難過、生氣……

共處的日子以來，妳主內，我主外；妳沉穩內斂，我浮躁外放；妳凡事設想周到，我總行事莽撞。

每當生病時，妳會提醒我要顧好身子。每當妳多愁善感時，我會告訴妳即時行樂要開心。

我們經歷許多人生風景，最糟糕的瓶頸，最幸福的甜蜜，都熬過去了。

話雖如此，看似形影不離，親密度更勝雙胞胎，但是我們卻對彼此「非常」的陌生不熟悉。

打從娘胎出生至今，走過幾十個年頭，我們真的認識彼此，了解彼此嗎？我們曾經赤裸裸坦蕩蕩，毫不保留的跟彼此面對面，心對心的聊一聊嗎？

泡一壺暖呼呼的熱茶，找個舒服沒有壓力的角落坐下來與妳心對心共享～

小莓子的
碎歲念戀

【對不起】辛苦妳了，我的任性讓妳陪我吃盡苦頭，經常沒大腦的做些令人傻眼錯愕的舉動，而妳依舊耐性陪著我，信守我們的承諾……

【請原諒我】妳總提醒我，沒有好好疼惜自己，忘記自己的名字叫什麼，忘記原來我有好多夢想沒去做，忘記為家人朋友付出前，要先讓自己好好過，原諒我讓妳擔憂……

【謝謝妳】，在一起的幾十年，共同經歷許多事，妳一路沒有棄捨的陪伴我，妳讓迷失自己的我找到回家的路，妳是我的最佳聽眾，總是能聽我分享訴說生活的悲歡離愁……

【我愛妳】，因為有妳的傾聽、陪伴與包容，讓我始終相信沒有什麼事情做不到，沒有什麼難題考得倒，任何事不需要勉強。要放，才會有收，要相信凡事沒有那麼糟……

過去我沒能多了解妳，對妳只有無所謂的依賴，而妳始終默默在一旁守候，從沒離開。未來的路還要繼續走，我們學著更認識彼此，更欣賞彼此，即使身邊沒有同行的人，妳絕對會是那個與我形影不離的傢伙。

妳好，很高興認識妳。

奇幻之旅

平凡的日子，要來點充滿不一樣的想像～

幾年前，一個下了班的空檔，半躺在沙發椅上，整個人累到只想放空。那陣子有聽一些引導身體放鬆的音樂和方法，想當然爾，趁著房間沒人，小孩不在的美好時光，安心的放鬆身心靈～

調整呼吸，緩慢細長的一吸一吐，找到舒服的姿勢閉上眼睛，想著從頭頂、五官、頸肩、身體、四肢，漸漸放輕鬆。所有上班的壓力緊繃漸漸釋放，耳邊僅傳來時鐘的滴答聲。眼睛依舊閉著，放鬆到快睡著了～

突然間，眼前的黑暗中，遠處出現一點白光，我向著白光的位置前進，並且進到白光裡……裡面出現一個兩旁有低矮小白花的畫面，還有矗立茂密的大樹遮擋住大半個天空，樹葉縫裡照射出太陽耀眼的光亮。眼前（實際上是閉眼）就一道小逕蔓延出去，我延著小路走，走著走著，也沒注意到光透進光亮的小路何時變成黑黑暗暗的長廊。

沒有任何路，下意識的往前走，仿佛在走在昏暗的小隧道。延路兩旁牆壁像幻燈片似的，播放我現在的樣子～當媽媽～結婚～學生時期～小孩子的時候～（時光倒轉的回顧畫面）前方出現微微亮光，路也越走越小，走到最後，出現一片小小的門……

要開嗎？當然！走到這裡，沒有不開門的理由～

打開門，映入眼簾的是一大片樹林，密密麻麻，高聳林立。接著看見一個應該是樵夫的男人，身上揹著一些剛砍下來綑綁好的木柴，手上拿著一把斧頭。他往回家的路上走，你如果問我為什麼知道他要回家，我也不曉得。不過看到樵夫的一瞬間，腦中浮現一個念頭「那是我」。

你肯定納悶我是怎麼看的，我呢～就像在看電視的狀態，只是我是在電視裡，不在電視外，角度是在斜上方往下看。

下一個畫面是樵夫回到家，那個房子的外觀類似「戲說台灣」的房子，舊式老建築，看得出來是辛勤困苦的獨戶人家，沒看見旁邊有別戶。

往正門瞧進去，門口有個低矮門檻，老舊泛白的木板，大門是掛上橫板上鎖，開關門往兩旁推的木門，再往裡頭瞧，裡面光線昏暗，大廳裡有神案，供著佛像及祖先牌位，大廳很簡樸，乾淨清潔。

客廳正中央有一張正方型木桌，桌子四邊各有一張長板凳，一個年邁婦人坐在桌子旁的板凳上，她的身形佝僂，視力及身體似乎不太好，那是樵夫的妻子，樵夫跟太太感情不錯，並且是有了年紀相互扶持的伴侶。

此時腦中緊接著浮現念頭～這位樵夫太太是我現在其中一位「家人」，心中暗自一驚，難怪位我們相處互動的狀態還不錯。樵夫走向右邊的門，將砍來的木柴拿進廚房，廚房有一個磚頭疊做而成的灶，上頭放著大鍋，灶下有一個燒柴起火的洞口，灶旁有個紮麻花辮的清秀女孩，她蹲在洞旁燒木柴準備下廚，這個女孩很孝順，她是獨生女，為了要陪伴年邁父母，已經到了該出嫁的年紀（約17～18歲），仍留在家裡照顧父母。

　　念頭又出現~噢！原來她是我的⋯⋯瞬間，畫面消失～

童年烏龍茶

記得小時候，純樸的6、70年代，沒有電腦、沒有手機、電視頻道只有台視、中視、華視可看。

莎拉公主、卜派、頑皮豹、龍龍與忠狗、湯姆歷險記……還有孔雀、乖乖外加咔哩咔哩。

印象中，能吃到麥當勞是有錢人的專利，一般勤儉的小小家庭根本就捨不得買～至少我家是。我們的單純美好年代，能進出的就只有小巧豐富的「柑仔店」，抽抽號碼紙，贏得小零嘴，對兒時的我們就是至高無上的滿足。

路旁空地的泥沙加點水，是現成的土丸子，有時泥沙裡還混雜著乾掉的狗大便，現在想想挺噁心的。彈珠、橡皮筋繩、跳房子、紙娃娃、抓蜻蜓、灌蟋蟀是童年遊戲必備基本款……

上、放學要排路隊，參加升降旗，唱國歌，跳健康操，鐘聲響起要立正站好不能跑，還有國語導生抓講台語的同學，被抓到要罰錢的……小時候，大部分父母忙於工作，孩子都是被放牛吃草的一群，我是其中一個。

放假時，會去外公外婆家玩，他們搬過幾次家，每個地方總是讓我在茲念茲，尤其是位處嘉義公園斜坡旁的低矮木造平房特別懷念。

每次回去，外公總是會問我要喝什麼～那個年代，最普遍的就是黑松沙士和黑松汽水，沙士一定要加鹽巴，但是最令我懷念的不是這兩樣，而是「烏龍茶」。

　　外公年紀大，喜歡泡茶喝，但是老人家的茶對還是小屁孩的我而言是「又苦又燙又澀」超級難喝……

　　外公懂我的心如孩童一樣，他的烏龍茶是「爺爺特製茶」，裡面加了甜蜜蜜的糖（紅砂糖），喝起來就是不一樣。

　　甜甜的烏龍茶，少了苦澀的味道，保留烏龍的茶香。長大後，縱使市面上有瓶裝現泡茶，又或者自己沖泡的加糖烏龍茶，都無法和外公的加糖烏龍茶相比擬。

　　原來～同樣的茶、同樣的糖，少了一份童年回憶的芳香，再怎麼泡，就是不一樣。慶幸的是這杯甜蜜蜜的烏龍茶沒有消失，因為它的味道已經儲存在心坎中、在記憶裡。

孩子

媽媽，妳為什麼哭？我做錯什麼事了嗎？
媽媽，妳為什麼都要跟爸爸吵架
（為什麼爸爸都要跟妳吵架）？
媽媽，妳跟爸爸會不會不要我了？
媽媽，妳會離開家裡嗎？
媽媽，我乖乖的，妳不要難過，不要丟下我
我真的會乖乖聽話。
媽媽，我會變勇敢，我會保護妳。
媽媽，以後我長大賺錢養妳。
媽媽，我討厭妳們大人！
媽媽，……

孩子的反應太多了，有句話卻是孩子不敢說出口……
「媽媽，我好害怕」這是孩子不敢說出口的話，孩子
只能默默把這句話藏在心中。孩子小小心靈只能告訴自己
「大人吵架好恐怖，我好害怕！真的好害怕！怎麼辦？我
好想躲起來喔！我好害怕，好想死喔！」

這不是大人該給孩子的世界，親愛的大人，我們心中
也有受傷的小孩，請幫幫自己修復心中的小孩，才能保護
妳生下的小孩有一個安穩的童年。

孩子沒有義務承擔大人的紛爭，大人的事，大人自己解決，不要用小孩做決策，孩子是個體。

　　大人的情緒和問題解決了，孩子的陰影和影響卻是一輩子，這是父母不曉得的。

　　身教重於言教，孩子會把他們討厭排斥的言行，無意識的複製到他們的婚姻而不自知，還理直氣壯的說～我不想跟父母失敗的婚姻一樣。

　　其實都如數照翻過去了～

　　讓孩子感受到大人用心、努力的一面，即使傷痛也要正向，孩子相對也會把力量回饋回去。

　　把原生家庭的愛～留住

　　把原生家庭的過～淨化

小祕密

老師！老師！

今天上學我一直在放屁

旁邊同學很生氣，說我很臭，不要跟我玩遊戲，他們叫我滾到一邊去，笑我是「ㄅㄠˋ碰氣」

（註解：ㄅㄠˋ碰氣→臭鼬鼠）

我的心裡很傷心，只能努力憋住屁，同學就會跟我玩遊戲

  ＊   ＊   ＊

老師！老師！

因為奶奶在生病，我陪爺爺做生意。

我從小沒有爸爸媽媽，只有爺爺奶奶賣烤地瓜，養我到長大，讓我讀書給我一個家。

客人都說爺爺奶奶烤的地瓜～頂呱呱

但是～

奶奶最近生病住院不在家，只有我陪爺爺賣地瓜。

賣地瓜的錢要給奶奶治病，剩下的錢不夠我跟爺爺吃飯，我跟爺爺肚子餓的苦哈哈

  ＊   ＊   ＊

老師！老師！告訴你一個小祕密～不是我愛放屁

因為爺爺說我在長大，怕我肚子餓，就會把做生意的地瓜多留幾顆給我吃，所以我的肚子每天都會嘰哩咕嚕在

打架……

雖然同學笑我「ㄅㄠˋ碰氣」，我會難過，但我不生氣，我只求老天爺讓奶奶身體趕快好起來，一起跟爺爺賣地瓜，我喜歡聽到客人稱讚爺爺奶奶的地瓜頂呱呱。

我也要認真唸書，以後賺大錢，讓爺爺奶奶過好日子。

　　＊　　　　　　＊　　　　　　＊

老師！老師！

昨天我吃了好多好多地瓜～

因為爺爺說奶奶去天堂找爸爸媽媽，以後不會回家了。我很生氣，氣奶奶怎麼可以丟下我跟爺爺在家裡。

我還沒賺大錢給奶奶買漂亮衣服，帶她去環遊世界、吃大餐，她怎麼可以跟爸爸媽媽一樣丟下我們……

我在想，如果我把做生意的地瓜全部吃光光，奶奶就會很生氣，從天堂跑回來罵我說：「傻孫子，你把地瓜吃光光，你阿公怎麼做作生意啊！」

那時候，我就可以把奶奶抓住，不讓她回天堂，把她留在我們家。

　　＊　　　　　　＊　　　　　　＊

老師！老師！

爺爺老了沒力氣，我還太小，力氣不夠，到時候你要

來幫我忙，幫我把奶奶抓住，不讓她回天堂……

你要幫我留住奶奶，跟她說……

跟她說……我在學校有很乖，我有好好讀書，我會幫忙賣地瓜……要我做什麼都可以，只要她不要走……留……下……來……，我已經沒有爸爸媽媽了，不可再失去爺爺……奶奶……

      ＊   ＊   ＊

老師！老師！

你可以幫我的忙嗎～？

※我自己竟然寫到哭※

藍色視窗

累了，倦了，放棄了～
誰都不想見，誰都不想碰
韌性成就堅強，無知造就善良
為快樂而快樂，為悲傷而悲傷
忘卻意義在何方
拋開相信的力量，未來儘是一片渺茫
盯著蒼白天花板，生命形同虛設一樣
淚水浸濕在眼眶，誰來拉一把
這萬劫不復的驚慌
這無能為力的沮喪
腦中空白無法思量
築起高牆，圍起屏障
我的名字叫「憂傷」

描述憂鬱症狀態的一部分，
空洞、徬徨、委靡、迷惘……

失足

偶爾不經意
踩進疼痛窟窿裡
有點酸　有點傷　向誰說
如果疼痛能使人獨立
讓人堅強
就當它是深谷中的食糧
汲取它
品嚐它
如果障礙能使人成長
讓人茁壯
就當它是老天給的禮物
接受它
善用它
偶爾不經易
踩進疼痛窟窿裡⋯⋯

續集

神識裡住著老靈魂知己
不時叨唸著古老塵封的過去
祂說你身上有個特殊的印記
封在阿賴耶識最深處的角落裡
它蠢蠢欲動的觸發五蘊
催促你完成今生的使命
你可以無視
你可以不理
你卻無法抗拒……
祂一步步引領
你沉睡的記憶
開啟你蟄伏的爆發力
你必須承載責任
挑戰逆境、擁抱壓力、開創格局、扭轉生命～
準備好了嗎？
老靈魂知己將帶著你突破藩籬，開拓精采的新世紀

前行

走在時間中軸人生交叉口

回眸看待青春歲月的河流

忘記在前進的路上走多久

清楚明白不曾忘記過

稀疏星斗在閃爍

落羽松林霧濛濛

星光指引生命的出口

霧散　日出　晴空

揹起行囊繼續向前走

抬起頭

揚起一抹燦爛可掬的笑容

原點

再多聚合終需放手
只為了面對離開時死而無懼
活而無憾的灑脫～
收藏曾經互相傷害
珍惜彼此相惜相愛
抹滅一路善惡謊言……
內心明白現在的所有
會在病痛死別來臨的那一刻終將化為泡沫
活著～呼吸，睜眼～是本能
當心愛的人再也不能如此做時
心，該有多痛
死亡～止息，閉眼～是本能
當仇恨的人再也睜不開眼睛時
心，才知道一切不曾存在過
生命終將回歸原點

驛站

怎麼樣的時光最美麗
童年時光同伴玩遊戲
藤條追逐看誰先放棄
年少純純暗戀最甜蜜
青春為愛癡狂正瑰麗
翻牆翹課菸蘊酒香氣
新兵菜鳥出操最夠力
初嚐禁果滋味難忘記
職場新人鞠躬兼哈氣
步入紅毯歡天又喜地
升官加給穩重有實力
初為父母教養不容易
三姑六婆過招鬥智力
孩子遠行掛心多憂慮
養兒防老過氣不實際
子孫滿堂歡心又愜意
夫妻偕守遊山玩水去
生離死別聚散倆依依
過完今世自豪很滿意
無論此生善緣惡緣定
約定來生有緣再相聚

嘆息

君的鶯鶯燕燕汝不想見
那是君賜與殘酷的容顏
夢裡百轉千回無法入眠
椎心刺骨的折騰教汝魂牽夢碎
穿腸破肚的烈酒難以買醉
可知心傷人瘁桃花為之凋謝
唱一曲　敬一杯
人醒亦醒　人醉亦醉
拿汝真心換君負心一片
淒涼荒漠　灰飛煙滅

ESP女超人

最脆弱的神力女超人
妳肩負強大使命責任
捍衛家園、保護家人
誰有病痛，妳不辭辛勞奔波照料
誰有凍寒，妳不懼風霜送上棉襖
誰有飢轆，妳不顧疲累蒸煮煎炒
誰有傷感，妳無視忙碌促膝長聊
職場、家庭、親友、毛小孩……
團～團～圍～繞～
最脆弱的神力女超人
充滿神奇力量的妳
是否遺忘內在脆弱的小小孩
渴望人生多姿多采
嚮往生活自由自在
實踐夢想，三步併作兩步邁
堅強的女超人～請喚醒內在小小孩
賦予的同時也要給自己滿滿的愛
擁抱別人的同時也要給自己關懷
沒有誰最糟糕、誰最厲害
妳是獨一無二，專屬自己的精彩

幫幫忙

　　你出走好幾天，我也跟著失魂落魄好幾天，有你在的日子，時刻分秒都充滿動力，你不在的日子，無論做什麼事都提不起勁。

　　要怎麼樣才能把你找回來～刊登尋人啟事？報失蹤人口？街頭巷尾張貼尋人海報？挨家挨戶詢問？臉書po文？IG貼圖？問朋友？我開始著急了～

　　有你陪伴的日子，我的生活好精采，每天就像在談戀愛，你會帶我去冒險、去挖掘、去發現、去感受、去體會、去看見不一樣的視野……

　　你不在，我的微笑變假了；我的開心偽裝的；我的動力不見了。此時的我，連呼吸都覺得是一種浪費，因為你不見了。

　　你什麼時候會回來？我焦慮到忘記載小孩，茶不思、飯不想，香蕉誤認成青菜，上班分心胡亂猜，著急找你的心情要藏起來，不能被拆穿。

　　你不在，莫名的傷感。你不在，世界頓時黑暗一半。你不在，教我怎麼體會多姿多采。

　　趕快回來……你答應要和我一起完成我們的願望，少了你，願望難達成，目標更遙遠，計畫會失敗。

　　你若收到發給你的尋找文，不要再躲起來，這種躲貓貓一點都不有趣、不好玩。

*　　　　　*　　　　　*

　　最後，請發現的人幫幫忙，遇到他時，幫我轉達，請
他快回來，他的名字叫……
　　……
　　……
　　……
　　……
　　……
　　……
　　……
　　……
　　……
　　……
　　【靈感】

無常　日常　正常

人生無論好事、壞事、正常、異常或日常～
總是碰撞出許多意想之外的火花……
看似煎熬痛苦，實則收穫成長
看似名利富貴，實則貪婪虛妄
珍惜，是人與人之間的橋樑～
走過執著強求的慾望，終將明白一件事～
命裡有時終須有，命裡無時莫強求
扶持，是人與人之間的度量～
在孤單無助恐懼挫折中
總是會有陪你打氣加油的夥伴
每一個障礙難關無非是勇敢往前跨步
迎接下一道希望的曙光

五體不滿足

腦袋～

一下子空白　一下子凌亂　「思考」成了一種困難

時間凍結下來　不想動　就是不想動

只想當顆大榕樹　把身體固定在床上

鼻子深深吸口氣～

從肚子到胸口再到喉嚨最後到嘴巴

用力把氣吐出去……呵～

沉重的呼吸聲傳到耳朵裡

耳朵說：別吵！別吵！我需要安靜

手對腳說：四肢無力，需要好好休息

眼皮對眼睛說：我要掛上「打烊」的訊息

身體對腦袋說：全身酸痛，舉白旗

前胸對後背說：挺不挺的住全靠你

腸子對屁屁說：讓我放個「屁」

把一肚子的窩囊氣通通放出去

噗噗噗　啊～過癮！

五體滿足了　床上睡覺去

我說

　　我說，你在隱藏自己～

　　你回答～會嗎？會隱藏到連自己都沒感覺？！

　　還是你不想被看破？只想聽別人怎麼看你，再去認識自己，再去挑戰自己。

　　你不想去面對心裡那一個真實的自我，只想包裝成別人看到的那個你，所以才會一直用演戲隱藏你自己。

　　生活在人際環境中，有許多表裡不一，人前人後的那一面，爾虞我詐的互動，隨便一個表情動作就會被看破。

　　小巫見大巫，要學的東西太多，學會看透人性，才能放下不必要的執著。

　　環境會造就一個人，適者生存不適者淘汰，為了生存，必需有不同角色轉換的能力，至於原始的那個自己，要安置在適當角落，保持最初的善良，好讓謝幕的自己找到真正的歸宿。

　　必須說，人的潛能是會被激發出來的。

不一樣

誰和誰一樣　誰和誰相像
我們來自不同的維度
擁有各自的模樣
帶著祕境的盒子　住在地球上
孤獨的靈魂　藍星人無法想像
努力的生存　努力的發亮
一輩子　兩萬多個日子
回家的渴盼咫尺天涯
保持靈魂初衷的模樣
熬一下　撐一下
等待回到光年之外的盛夏

※誰有一樣的想法～一種「靈魂想回家」的渴望

祢

醉心紅塵　忘卻出世間的殊勝
跟祢的約定從未遺忘
只是入世紅塵的誘惑將我的初心埋葬

案檯上火紅的燭光
映照祢慈悲的臉龐
祈求祢的允許　讓我到紅塵走一趟
體驗入世間七情六慾的擺盪

這一遭　迷失了
累劫輪轉　忘記回家的方向
我不言　祢不語
默默看著墜入紅塵想回家的渴望

一世　一道閃光
執迷不悟是最大的業障
望著祢　內心既讚嘆又沮喪
祢不放棄我　我卻流連不想放

祢一貫不變的慈悲心腸
靜待迷航的我　走在回家的路上

夜未眠

凌晨3：05
窗外唧唧蟲鳴聲　身旁作響打呼聲
無法入睡　無法成眠　咖啡因作祟
張著眼睛　翻來覆去　失眠了
腦袋裡有千軍萬馬在奔騰
心窩裡有千頭萬緒在交集
太多筆觸來不及納記
沒想過的故事　沒發生的情節
浮現一幕幕精采畫面
過往不憶過往　未來不及未來
這樣的失眠夜　特別目眩神迷……

失眠了嗎？失眠的夜晚都在想些什麼、做些什麼？是抗
奮、是失神、是回憶過往、或是規畫未來、還是放空發
呆……

魔毯

我想飛出去，看看外面世界多美麗
蝸居小小城市裡，不知天地多神奇
天旋地轉，五彩炫麗
展開雙臂，與世界跳支華麗圓舞曲
揹起鬼斧神工魔法筆
體驗方格子魔毯的神奇
來趟阿拉丁天方夜譚之旅
邀你同來共襄盛舉
坐上格子魔毯，揮舞魔法筆
天馬行空，自由來去
放眼所及，盡收眼底
不再蝸居小小城市裡
Are you ready ？
跟我搭乘魔毯一起飛出去
Go！

可愛女人

謝謝妳出現在我生命裡
與我分享妳的美麗與哀淒
在妳眼中窺見剛強的美麗
在我心中留下不滅的印記
謝謝妳的傾聽與相知相依
緣份讓我們此生相遇
我們走在同樣的風景
女人的柔軟與堅韌
所向披靡　無可比擬
向妳致敬　可愛小女人

逃脫

靜靜思緒的河流
思緒靜靜的波動
終於止息浪濤的洶湧
在奔騰不已的腦海中
偷得一絲沉澱的榮寵
恰如一份歡喜上心頭
卸下沉甸甸的荷重
走進空靈的小角落
獨處勝於霓虹閃爍

當人們被外務圍繞，腦袋總要不斷思考，嘴巴總要不停呱噪，鎖碎的雜事和人事，讓腦袋轉不停，經常忘記自己是誰～其實真正需要的是讓自己「沉澱、寧靜、獨處」。

出嫁

挽起長髮　披上嫁紗

鄰家姑娘要出嫁

靦腆的妳　為誰洗手做羹湯

嬌羞的妳　笑容燦爛如初夏

水汪汪明眸雙眼清澈透亮

有別往昔青澀稚嫩的模樣

揮別閨秀　轉身成為新嫁娘

拜別父母　淚水撲簌撲簌下

從今爾後　胼手胝足立新家

帶著祝福　走入人生新方向

無永恆

親愛的
為何你的笑容充滿距離
與你那樣靠近卻遙不可及
過去的歡笑
在此刻彷彿如夢初醒
面對的只有生疏背離
親愛的
曾經我們無話不說
總有聊不完的話題
擁抱是最完美的溝通
牽手是最無瑕的交流
我說親愛的
如果這趟生命是各自的旅行
請珍惜平行線扭曲後的交集
記得珍藏最美好的回憶

顏色

世界的顏色

紅橙黃綠藍碇紫

世界真正的顏色是哪一色

不同季節　不同時分

隔著鏡片　隔著玻璃

透過雙瞳　透過網膜

原來～

眼睛看見的世界顏色不相同

幾分彩色　幾分朦朧

幾分黑白　幾分清透

美麗的世界

哪一個才是世界真正的顏色

品嚐

思念　使人眷戀
細火慢熬的入味
大火沸騰的濃烈
要用多少生命的堆疊
才能換來牽手一輩子的機會
看繁花落葉　望潮水漲退
親愛的
是否收到託月亮給你的滿月
掌心猶存牽手後餘溫的微熱
是思念的不捨　是思念的每一刻

漫步

此時的繁華真章
是將來的雲煙一場
汲汲營營的春秋
終究落葉塵埃與共
爭什麼　求什麼
拍拍肩上的歲月
抖落衣角的沉澱
年輕時懵懂
年長時穩重
年邁時參透
未來回首過往
過往追逐未來
一身子然
無憾此生我走過～

冷眼

頑固的石頭
頑固的人性
通情達理掩護冥頑不靈
所有思慮
本位主義
堅持己見
各取所需
背地裡嘲笑揶揄的竊語
坐看爾虞我詐的遊戲

遺忘

我要去哪裡，怎麼忘記了？

妳在哪裡？

對了～妳穿著制服站在公車站牌下，

頂著清湯掛面頭等著我。

我要去哪裡，怎麼忘記了？

妳在哪裡？

對了～牽著妳的手，一起擁有希望的新生活，

承諾妳全世界的光榮。

我要去哪裡，怎麼忘記了？

妳在哪裡？

對了～妳在家裡帶著我們的孩子，

煮著我最愛吃的飯菜等待工作回家的我。

我要去哪裡，怎麼忘記了？

妳在哪裡？

對了～我經商失敗，妳正帶著孩子四處為我

奔波籌錢，滿臉愁容。

我要去哪裡，怎麼忘記了？

妳在哪裡？

對了～充滿藥水味的醫院裡，

妳徹夜未睡在病床旁守候。

妳佈滿皺褶乾裂的手緊緊握住我～
妳是誰？好幾次我把妳忘掉⋯⋯
妳是我最愛的「家後」我不能把妳忘掉。

人生如果可以重來，我會給妳全世界，
不是給妳煎熬。
妳慢慢在我記憶裡消失掉，我很害怕，不想要⋯⋯

在我還記得妳的時候，我要告訴妳～
「哇A家後，哇愛哩！多謝妳」

妳牽著我，我不想放開妳的手～如果我遺忘了～
妳的手誰來牽？妳的下半輩子誰來陪？
對妳的感謝和虧歉，用盡一生也補不回。

我要去哪裡，怎麼忘記了？
妳是誰？妳很面熟，妳怎麼對著我淚流滿面？
誰欺負妳⋯⋯？別哭⋯⋯是妳丈夫欺負妳嗎？
妳抱住我，哭得更厲害～
妳丈夫真是大笨蛋，如果是我，
一定會很愛我的「牽手」，不會讓她跟妳一樣難過

（註：同步聽首〈趁我還會記／荒山亮〉歌曲更有感）

親親寶貝

親愛的孩子

我不能太愛你

我不能不愛你

我盡最大的力量保護你

我盡最大的不捨讓你跌倒

生命是一連串的驚喜與挫折

感動與驕傲

我無法給你永生不敗

只能在你挫敗時給你暫歇

讓你喘息的中繼站

親愛的孩子

感恩老天爺讓我們相遇

讓我明瞭愛和傷害的價值與存在

我陪你成長　你讓我堅強

傀儡

靈活的手指操縱複雜的線
糾葛的心逐漸蔓延到荒漠的森林
孤獨填滿痛苦胸腔裡
尋尋覓覓
覓覓尋尋
憂鬱的靈
佇足漆黑的深谷
永睡不醒
復活吧～
且讓神奇的手指演活生命之最

阿爸

你老了，老到忘記我做你的孩子有多久
緩滿動作的身軀，誠實傳達歲月刻畫的曾經
坐在板凳上，反覆聽著你遙想當年情景
是那樣歷歷在目，是那樣椎心刺骨
勤勞，必定要
刻苦，是代表號
節檢，有得必有勞
注視你的雙眸，眼眸中躍動另一片天空
那是你年少的故鄉
戰亂～淒涼～背井～離鄉
強烈情感翻轉內心想家的渴盼
外表剛強　骨子裡倔強的你
竟感傷這身皮囊不再輝煌
偶爾
忘了吃飯　忘了睡覺
忘了加件衣服　忘了還有妻小
只有追憶動盪時期的年少
嘴角揚起一抹酸甜滋味的微笑
你說老家的鄉間小道特別忘不掉
老家的人情溫暖且牢靠
倘若卸下臭皮囊，必定先回家鄉走一遭

盼

一片天空兩樣情
可比牛郎織女星
太陽月亮兩相望
望著眼框淚汪汪
望著心頭難思量
晚霞餘暉映月光
最愛伊人在遠方
伊人倚窗盼歸郎

雨後天光

山谷竄出雲煙
流瀑似湧泉
光線折射山巒成片
清風流淌水雲間
拾起黃昏夕陽邊
忘卻徘徊留連人世間

望

這山望去，那山海
我心思君，君不在
朝尋暮盼，空等待
少女戀君情竇開
送君千里靜靜待
光陰無情咻咻過
髮絲為君白了頭
歲月皺褶佈滿手
君啊君～今生無緣
與你約定
輪迴後世再聚首

零開始

融化
融在空氣中　融在大海裡
融在呼吸中　融在微笑裡
跟晴空融為一片
跟大地融為一體
放鬆
原來是原諒自己
原來是跟自己和解
瞇起雙眼　揚起嘴角
「無我」正在釋放
不急不徐　不慍不火
心鑰啟動心門
一切從「靈」開始
7月7日晴

接受

誰！是誰在對我說話？
是你？亦或是他？
每當挫折、受傷
每當無助、徬徨
每當歡欣、鼓舞
每當悲喜、憂傷
總是一直在我身旁，在我心上
誰！是誰在跟我說話？
我看不見你，你總是若隱若藏
旭日東昇、夜幕低垂
心緒無時不刻引領著
找尋聲音的方向
聲音～在呢喃
彷彿在傳達重要的文章
誰！是誰在跟我說話？
不要再玩躲貓貓的迷藏
不要再作弄糊塗的傻瓜
我願意敞開緊閉的門窗
靜心傾聽你給我的傳達
讓彼此連結，一加一最大化
聲音在說話，你聽見了嗎～

雙生

心中的佛
心中的魔
心中的我
寄宿在體內的種子
增長　蔓延　茁壯
哪一刻是誰的存在
鯨吞蠶食的掠奪
無謂純真的快活
拉扯著　糾結著
一屏之隔　雙生的～
是佛？　是魔？　是我？

逃離

瘋狂逃離
沉默是最佳防禦
孤寂是唯一伴侶
飄盪浩瀚宇宙裡
品嚐失敗的戰績
不是將領
成就不了征服世界霸氣
不是小兵
刀槍盾劍輕易棄械降敵
瘋狂逃離　快不無能呼吸
逃離城市遊戲
逃離天地之間的距離
我在等待契機

轉

一煙一壺酒
一樹一菩提
菩提樹下坐
輪轉紅塵中
看穿仇情愛
透澈心裡扉
欲奪莫強求
把酒泯恩仇
一煙一壺酒
一樹一菩提
拂去紅塵罪
剎那一場空

無名

天光，邁開步伐的方向
想像，陪伴孤寂的心房
天空飄落一片羽毛
記憶帶走生命的皮箱
誰跟誰是唯一
彼此不就擦肩而過的關係
淚水打轉模糊眼眶底
「　　」從沒離去
轉角，有無法遺忘的曾經
伸手，街角路燈下消失的身影……

※自由填入「　　」

歲愁

閃爍霓虹燈下
徬徨十字街口
訴說陳年往事
演著歲月白頭
朦朧魚肚白天空
路的那頭交織美夢
雜貨店嘻笑打鬧聲
從無到有，從有到空
牆上留言，佇足不走
淚水滑過眼濛
沒有道別的盡頭
望著你的背影
原來……
一切從不屬於我～

Who

Who are you
Who am I
熟悉中陌生
陌生中迷離
陽光滲進海中
我在雲裡哭泣
浪花捲走記憶
何時喚醒沉睡的美麗⋯⋯

小錐古

胖滾滾　圓呼呼
短短身軀萌嘟嘟
愛跟爸爸蘿蔔蹲
愛和媽媽學跳舞
肉肉兩頰翹屁股
短短腿兒小豬豬
搖搖擺擺學走路
唉呀跌倒翻個滾
小小娃兒哇哇哭
撒嬌討抱真錐古

慟

　　風掠過耳盼　是悲傷的聲音
　　淚滴落心坎　撕心裂肺怒吼
　　顫抖的手　緊握冰冷的體胴
　　細雨紛飛落　誰在作弄
　　前一刻燦笑　下一秒悲慟
　　多希望這是愚人節遲到的夢
　　夢醒～你／妳依舊在我身後
　　只盼緊握住　不讓孤單一人走
　　此刻　連呼吸都是折磨都是痛
　　望著一樣的天空
　　慌張　無助　憤恨　顫抖
　　再次的擁抱
　　是天人永隔　是無法再聚首
　　摯愛的……隧道出口　一路好走

By 太魯閣號

偽

虛偽的人們
虛偽的妝容
假意的微笑
真心的造作
善良是包裝
蜜語是毒藥
虛偽的人們
鍾情這一套

花火

熱鬧的孤單伴著吵雜的寂寞
尋找遺失多年的好朋友
翻開陳年泛黃筆記本
沒來由陷進文字隧道中
漩渦繫縛　穿進時空黑洞
一股刺眼白光睜不開雙瞳
努力睞出個隙縫
瞧見黑洞中的萬花筒
硬冷文字扭動著筆直線條
彷彿變形蟲般游移在虛空
隨手抓一把文字
孤單和寂寞碰撞出花火
火光閃耀璀璨
點燃詞句消滅寂寞
煙花照亮黑洞
孤單被詩篇共融
「文字」來自於感受
孤單與寂寞
幻化成最美麗的彩虹

占據

思念圍成一個圈
我在圈裡不停繞
圈裡有座小城堡
冒著粉紅小泡泡
思念的火在燃燒
你是點燃思念的火苗
你的一舉一動
你的一顰一笑
占滿我的腦海
控制我的呼吸心跳
思念　在無時無刻
眷戀擁抱後餘溫的纏繞
鼻頭互碰鼻息間的味道
依偎胸膛離不開的霸道
雙唇緊貼交流不捨放掉
沒有理由　不需藉口
想著你
甜蜜的滋味　幸福的微笑
想你了　你可知曉

過關

何必膽怯　就放手一搏吧
景象路過一幕幕
人生輪迴一次次
怯懦只會阻擋前進的道路
嚴苛題目考驗著人心不古
最大的敵人是自己
何必擔憂　沒有什麼不可以
未知是恐懼的陰影
挑戰是突破的必要性
放下執念勒索生命的抵抗
為無知的未來打通一條路
管它什麼妖魔鬼怪
刀搶盾劍也不理睬
過關路上遇見真實的自己

阿蘭若

寫一首詩
你我與共的詩
望著滿天星斗
踏著滿地河流
星辰在閃爍
日月運轉中
叢林野獸在夢遊
四季如霧如幻如空
我心如癡如醉如夢
撐傘漫步銀河旅遊中
愜意地　悠閒地
徜徉與世無爭的阿蘭若

放手

天底下沒有所謂的真公平
開心、生氣、得意、吃醋、羨慕……都是一時的
緊緊抓住只是被情緒控制
在乎太多事　是一種負累
知道太多事　是一種多餘

遊戲

123木頭人　遊戲不停歇
站在你身後　期待你回頭
你的身影烙印我心中
123木頭人　愉快的午後
妳在我身後　瞧見妳影蹤
距離越近幸福越是多
123木頭人　雨後晴空佈上彩虹
邱比特穿梭遊戲讓愛情降落
每一次轉身聽見幸福在敲鐘
一步之距　回頭一眸
親愛的　是否願意嫁給我
Yes, I do

不見孟婆

眼眶濕了　淚水滴了
境境　淨淨　靜靜
酸酸的　痛痛的
孟婆湯在運作
多久了
呼吸將記憶淹沒
心頭揪結的難受
翻箱倒櫃依舊找不到源頭
不曾離開　不曾來過
哪裡是出口
重返鏡花水月的年少溫柔
孟婆將碗底殘留的湯收走
憶不起的曾經牢鎖在心窩
殘存孟婆湯懲罰過錯
將記憶埋葬神識中
偶爾
在心頭發芽　在心頭無蹤
酸酸的　痛痛的

聚焦

碎裂的是誰的天空
踩下去是誰的美夢
那所謂的一本初衷
不過是痴人在作弄
台上戲子
台下傻子
幕前瘋子
幕後愣子
團團轉……
落幕　散場　離席
回歸原點　等待續集

無題

喃喃對話～跟空氣

熟悉景象～陌生了

你好嗎？

多久了　沒跟自己談心

揮別完美，人生只剩殘存的餘溫

不再跟夢旅行　　不再翻天覆地

一切歸於平靜

微笑開心成為奢侈品

輕輕的　　呵護的

將它捧在手掌心

深恐碎裂一地的奢侈

將僅存的生命葬送碎土裡

鹽巴

為何在癒合不了的傷口上撒鹽
原來自己沒有想像中堅強
療傷　不等於遺忘
堅強　不代表沒有過往
刺　扎在心上
怎麼拔也牢牢不放
傷口緊緊咬住鹽巴
鹽巴穿透心房　腐蝕結痂
看似平靜的一切
醞釀著苦酒滿杯
傷口與鹽巴的糾結
何時回去？何時離別？

苞

火紅燄花佇立路旁
擦身而過的景象攝住眼光
一幕幕　一幢幢
綻放的苞　如同生命短暫光芒
輕飄飄　白綿綿
隨風吹送世界無方
經歷雨露風霜　望見日月星光
穿梭熙來攘往的人間天堂
可否榮幸與之遨遊飛翔
體驗無法駕馭的瘋狂

again

你那小小的手
來不急緊握
我們的緣分悄悄擦肩過
期待你來我們的蝸居窩
濡沫相共新生活
不捨別離　　別離不捨
親親吾愛　　輕輕無礙
還沒開始就say Goodbye
為的是準備更美好的將來
生命是無限奇蹟的精彩
下一刻　　更值得等待

重生

枯樹啊枯樹　無人採擷　無人問顧
枯樹啊枯樹　烏鴉休憩　路人停佇
等待不到春風如沐
眼前盡是落葉掃路
枯樹啊枯樹　鬚根著土乾枝盤柱
嫩芽何時來光顧
青蔥翠綠幾時復
斑駁軀體　佝僂的木
但求雨水洗滌　換來生命的起步
喚回曾有的光榮　曾有的從容

Return

閉上眼
依稀你在眼前
睜開眼
什麼都看不見
摸不著　卻真實存在
聽不見　卻耳語相傳
空氣中
瀰漫嗅不出的熟悉感
耳邊的呢喃
腦內的迴盼
你說
真真假假如滅如幻
哪一個才是真實的答案
我在經歷　我在等待

有一種

有一種苦，有話不能說
有一種悲，有淚不能流
有一種喜，有笑不能露
有一種怒，有氣不能兇
有一種恨，有怨不能留
有一種愛，有情不能擁
有一種病，有藥不能救

說穿了，一切自作自受

盲目

話　在心頭　開不了口
偏頗回應令人失望落寞
明理
是安慰人心的諷刺幽默
笑笑帶過是禮貌和尊重
心眼被尊貴的道德迷惑
自以為的圓融包袱沉重
事實真相是妳難以承受
從不奢求雙眼看見什麼
從不企盼雙耳聽見醜陋
因為　心　已經被淹沒
成全無知是善良的罪過

鋼索

在文字裡喘息
文字給予無限的遊戲
輕輕鬆鬆　利利落落
躲在一橫一豎中
誠實勇敢面對自己
可以是救渡　可以是武器
可以是詼諧　可以是療癒
往前邁一步是天堂
向後退一步是地獄
遊移在天堂與地獄的鋼索上
來去的決定在自己手裡

沒什麼

體會你的感受是感受
體會我的感受是罪過
每個人訴說著自己的過往
演繹著自己的生活
從黑髮到白髮的滄桑
從抗爭到無聲的沉默
你歷練了無數驚濤駭浪
我體驗了人性醜陋善良
宇宙的運作不為誰而動
世界的運轉不為誰而走
真相藏在謊言背後
沒人說　誰懂
執著　無知
駕馭著迷失航向的掌舵
大船碰撞沉入深海漩渦
讒言佇足耳根子裡
宛如蜘蛛盤絲牢鎖洞口

日安午后

花開　陽光燦爛的春夏
雨後彩虹籠罩瀲灩光芒
鄉間　田野　稻香
踩踏輕快腳步
水中泥濘伴隨蟲鳴蛙叫
仰頭　瞇起雙眼
霓虹美景盡收眼底
綻放的美麗　愉悅的心情
流淌繽紛旋律
小確幸　在美好驛站相遇

smile

花開　微笑了
灑落遍地的純白光芒
將幸福帶來
緊跟每一個腳步
捎來搖曳曼陀羅

歸處

祢不在　　祢存在
哪怕天線被掩埋
已存放黑盒子的雷達
也無法被遮蓋
那股源源不絕的暖流
如同閃電般竄通全身
祢將記憶封鎖
祢又佇足不走
這個玩笑很折磨
用盡一身皮囊
才能將生命看透
祢存在　　祢不在
給我一句「學習」
推向茫茫人海
嚴厲如師　　慈悲如母
祢沒有將我遺忘
應許當初打勾的約定
回家～
期待重返最初的所在

追悼

不夠
在有限的時間裡
一切都不夠
太多未完成的事
數也數不清的夢
還沒實現無法到頭
不眷戀　不強求
該來的不會走
該走的不會留

夠了
擁有過點滴的幸福
足以無怨尤
曾經的愛恨情仇
胼手胝足的奮鬥
一縷輕風吹拂掠過
不必為誰難過
是時候　告別中
路過的人啊
微笑鬆手勝過淚婆娑
默默地　跟人生分手

告別事

娘胎出生呱呱墜地～過去事
七情六慾愛恨別離～現在事
病老死厄緣滿賦歸～未來事
人生三大事
事事逃不了　避不開
出於原點　回歸原點
有些事　來了走不了
有些人　走了來不了
看著故事上映
聽著劇情敘述
彷彿溫馨
彷彿悲情
彷彿壯烈
劇中入戲太深
忘記為何事而來
記得為何事而走
放手　放過自我
告別事　進行中

嗟歎

人生幾時能相逢
相逢知己有幾人
今朝把酒相言歡
明日再見故人塚
聚散兩合兩別離
恩怨情仇化雲煙
日睜雙目月閉眼
今生過勞後世生
帶壺燒酒探舊人

結髮

親親夫君
卿卿吾妻
輕輕呵護手掌心
櫻花盛開有妳身影
沙場戰敵有你功蹟
戰袍針黹濃情蜜意
洗手羹湯綿延相續
白鴿捎來你消息
手絹繡上妳唯一
紅線兩端緊繫兩顆心
結髮姻緣天命定

醉後

沒有醉
只是借著酒精讓自己狼狽
沒有淚
生存的痛苦讓人備感憔悴
厭倦同樣的場景同樣的生活
厭倦你來我往的心機防衛戰
長大是必然　現實是殘酷
知音難覓　知己難尋～
處在繁華紅塵中
轉個向　依舊孑然一身
褪掉光圈
什麼都不是　什麼都沒有
僅存的
仍然一個人……

啞口

站在風口
感覺不到風
站在刀口
感受不到活
啞口的聲音
是沉默的哆嗦
誰懂
誰知否
眼朦朧
看不見輪廓
語朦朧
話無法出口
思緒放在心中
琢磨　琢磨

頭殼呆

頭殼兩端住著兩種腦袋
左腦不懂右腦的精采
右腦不解左腦的實在
左腦討厭右腦感情用事
右腦無法認同左腦理性對待
腦袋的速度嘴巴跟不上
嘴巴的陳述腦袋不一樣
理性溝通遇到無理不踩
左腦右腦相厭又相愛
忙碌頭殼呆燒腦塞腦袋

※遮住單邊看

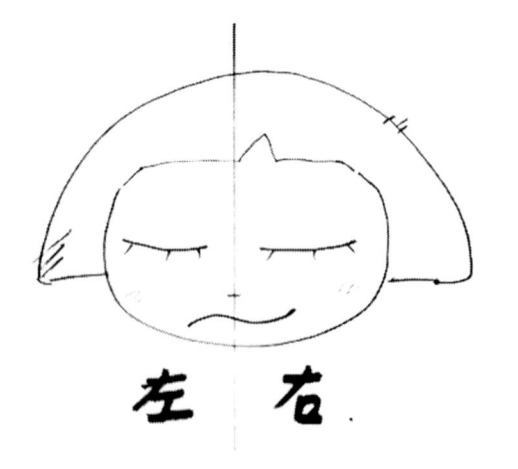

BLUE

藍星人的憂雅
藍星人的希望
何去何從才是方向
藍星上的人們啊
劇本早已落腳
結局無非成章
形成分寸自成陣腳
晝夜循序日夜以繼
日出光芒照亮大地
銀河星辰籠罩天際
壯闊山川河海神祕
美麗是無限的風景
無與倫比的藍星

路過

有一種傷沒有藥醫
有一種痛時間無用
當匕首刺向心窩的那一刻
傷口註定沒有癒合的一天
如果可以就這樣死去
我也願意微笑離手
須臾地獄須臾天堂
我在人間徘徊其中
面具前後真假與否
體驗現實與從容
毋需理解毋需懂

行旅

老街裡　跨越時空遇見你
清晰的街景　熟悉的背影
古老的瓦礫　低矮的磚牆
狹窄的巷弄　木造的矮房
清風徐拂榕鬚飄盪
寧靜
是彼此不成文的詩章
矮牆上的貓慵懶如常
石磚街道塗鴉如畫廊
搖椅晃啊晃
古物依舊在
莊稼不再忙
物換星移
悠閒漫步扶葉桑

答案

幾十個年頭
幾十個念頭
抹滅不去是心中
尋找答案的衝動
日夜無不思
分秒無不索
為何答案始終
無影無踪
失了魂的軀殼
以為遇見曙光　乍現煙火
殊不知　歡喜一場空
希望幻化成泡沫
尋找答案的動力從未停歇
還要等多久
答案是神是仙是佛是魔
亦或凡夫俗子的「果」

死胡同

不堪的是辱罵
不雅的是髒話
皮肉的傷害
不及心靈的虐待
週而復始的戲碼何時能停歇
內心戲的演練達臨界點
說真話也是一種謊話
我在痛苦裡活著
我在快樂裡死去
兜著圈圈　何去何從
沉默是淚水堆疊的成果
褪去角色能否解脫
解脫無止盡的枷鎖

吾知

清澈溪水倒影誰的臉？
那樣熟悉　這般陌生
你的倔強我知道
總是笑笑說聲我很好
你的沉默我知道
總是靜靜把眼淚擦掉
你的疼痛我知道
總是默默幫傷口上藥
累了　獨處是良友
苦了　心中有座廟
燭火案桌燃　燃盡聚緣散
女孩燦笑談
坐看本命盡　盼回荷花衫
聞之心酸酸　空徒留遺憾
家在何方　欲往何向
獨留塵世　了卻過往
信念源自約定的一仗
再苦再累也要扛
只為見上一面難

票根

缺角的退色車票
承載多少風花雪月
月台上來往的人啊
搖鈴聲催促著步行
肩上行李倍感沉重
料峭寒風
立起領口
淒涼的故事隱身車票中
分離的寂寞留下幾多愁
銀白髮絲記錄年少懵懂
鐵盒子裡
一張票根　一次傷痛
花漾少女不復容
再見一面離別後
女孩
給不了妳的幸福
下輩子聚首

小小孩

時鐘滴答滴答走
時光在倒流
梳妝台前
卸下盤起的髮秀
妝容不再艷抹
胭脂不復緋紅
鏡子裡看見～
棉花糖的天空
牛奶糖的美夢
提著燈籠去夜遊
螢火蟲在左右
麻花辮兒咚咚咚
開心哼著歌兒
無慮～　無憂～
只想當個長不大的小朋友
無慮～　無憂～

羊與狐狸

狡猾狐狸披著偽善羊毛衣
虎視眈眈整裝待緒
微笑假面透出嗜血氣息
一寸一寸危機
一步一步靠近
人善豈是被人欺
馬善豈是被人騎
賣萌的狐狸請小心
綿羊不是天真頑皮
頑皮只是看穿把戲
請
收起尾巴　藏住傲氣
滾回你的叢林野地
綿羊的主子狐狸惹不起

國家圖書館出版品預行編目資料

小莓子的碎歲念戀／小莓子 著. －初版.－臺中
市：白象文化事業有限公司，2023.6
　　面；　公分.

ISBN 978-626-364-007-8（平裝）

863.4　　　　　　　　　　112004314

小莓子的碎歲念戀

作　　者　小莓子
校　　對　小莓子
發 行 人　張輝潭
出版發行　白象文化事業有限公司
　　　　　412台中市大里區科技路1號8樓之2（台中軟體園區）
　　　　　出版專線：（04）2496-5995　　傳真：（04）2496-9901
　　　　　401台中市東區和平街228巷44號（經銷部）
　　　　　購書專線：（04）2220-8589　　傳真：（04）2220-8505
專案主編　陳逸儒
出版編印　林榮威、陳逸儒、黃麗穎、陳婕婷、李婕
設計創意　張禮南、何佳諠
經紀企劃　張輝潭、徐錦淳
經銷推廣　李莉吟、莊博亞、劉育姍、林政泓
行銷宣傳　黃姿虹、沈若瑜
營運管理　林金郎、曾千熏
印　　刷　普羅文化股份有限公司
初版一刷　2023 年 6 月
定　　價　230 元

白象文化
www.ElephantWhite.com.tw
印書小舖 PressStore
出版・經銷・宣傳・設計
自費出版的領導者
購書 白象文化生活館